AF382936

Analyse de l'œuvre

Par Natalia Torres Behar

Chronique d'une mort annoncée

de Gabriel García Márquez

Rendez-vous sur lepetitlitteraire.fr et découvrez :

Plus de 1200 analyses
Claires et synthétiques
Téléchargeables en 30 secondes
À imprimer chez soi

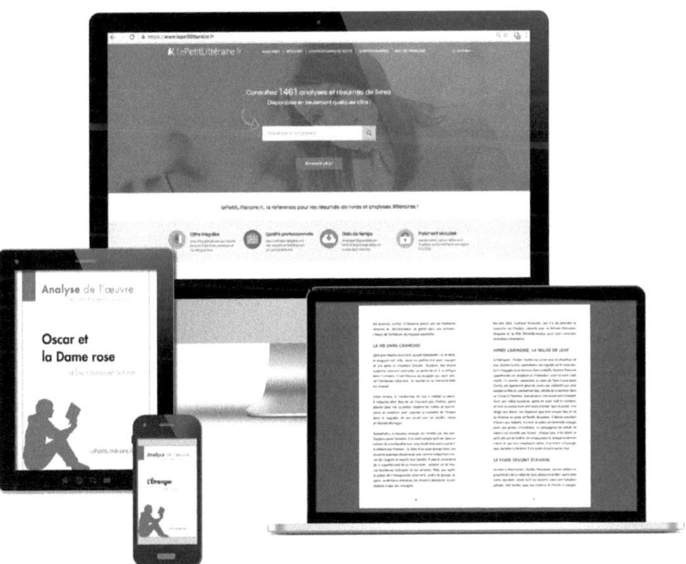

GABRIEL GARCÍA MÁRQUEZ

ENTRE FICTION ET RÉALITÉ

- **Né en 1927 à Aracataca (Colombie)**
- **Décédé en 2014 à Mexico (Mexique)**
- **Prix littéraires :**
  - Prix Nobel de Littérature (1982)
- **Quelques-unes de ses œuvres :**
  - *Pas de lettre pour le colonel* (1961), roman
  - *Cent ans de solitude* (1967), roman
  - *L'Amour aux temps du choléra* (1985), roman

Gabriel García Márquez nait en 1927 à Aracataca, petit village pauvre et oublié de la région Magdalena en Colombie. Il est élevé par ses grands-parents maternels et ses tantes qui constitueront, outre l'écrivain américain William Faulkner, la plus grande influence sur sa production littéraire : son grand-père, vétéran de la guerre de Mille Jours, représente son lien avec l'histoire du pays et sa grand-mère est la source d'une vision magique et superstitieuse de la réalité.

García Márquez étudie le droit à l'Université nationale de Colombie à la suite de l'insistance de son père même si sa véritable passion a toujours été l'écriture. En 1950, il renonce à devenir avocat et se lance dans le journalisme, une autre de ses passions. Son travail journalistique côtoiera d'ailleurs tout au long de sa vie son travail d'écrivain et lui permettra d'entrer en contact avec des écrivains et des journalistes comme le « groupe de Barranquilla » et de vivre quelques temps à Paris où il rencontre des auteurs comme Mario Vargas Llosa et Julio Cortázar, deux étoiles montantes de ce que l'on appellera le boom latinoaméricain. Ce phénomène éditorial permettra au monde, dans les années 1960, de découvrir les œuvres de certains des plus grands noms de la littérature latinoaméricaine.

En 1967, García Márquez publie son roman le plus célèbre, *Cent ans de solitude*, qui se vend à 8000 exemplaires en une semaine. À partir de ce moment-là, sa renommée ne fera que s'accroitre. En 1982, elle atteint d'ailleurs son apogée avec l'attribution du prix Nobel de littérature, prix qu'il obtient pour l'ensemble de sa prolifique production littéraire débutée en 1955 avec *Des feuilles dans la bourrasque* et qui ne s'achèvera qu'en 2004 avec la publication de son dernier roman, *Mémoire de mes putains tristes*. Les problèmes de santé de l'écrivain apparaissent en 1999 lorsqu'un cancer lymphatique lui est diagnostiqué. Il succombera de cette maladie le 17 avril 2014 à Mexico.

CHRONIQUE D'UNE MORT ANNONCÉE

ENTRE LE JOURNALISME ET LA LITTÉRATURE

- **Genre :** roman journalistique
- **Édition de référence :** *Chronique d'une mort annoncée*, Paris, Livre de Poche, coll. « Littérature & Documents », 1987, 116 p.
- **Première édition :** 1981
- **Thèmes :** destin tragique, honneur et vengeance, violence, vérité

Chronique d'une mort annoncée (1981) est un roman court dont le lecteur connait la fin dès la première page. Peu importe que nous souhaitions absolument que ce dénouement change, que quelqu'un prévienne Santiago Nasar, il est trop tard pour lui, il est déjà mort. Pablo et Pedro Vicario l'ont tué pour défendre l'honneur de leur sœur, Angela Vicario qui s'est mariée en grande pompe la veille. Elle a épousé Bayardo San Román, un mystérieux inconnu qu'elle n'aimait pas. Mais la nuit suivant le mariage, Angela est ramenée chez elle car son mari a découvert qu'elle n'était pas vierge. Face aux coups et aux questions de sa mère, Angela confesse avoir perdu sa virginité avec Santiago Nasar et ses frères prennent immédiatement la direction de son domicile pour laver l'honneur de la famille ; il n'y a qu'une seule solution : Nasar doit mourir. Malgré le fait que tout le monde connaisse les intentions des deux frères, personne, pour divers motifs, n'avertit Santiago. Après une succession d'évènements, les frères d'Angela finissent par tuer Santiago devant la porte de chez lui. Plusieurs années plus tard, le narrateur tente d'enquêter sur cet homicide afin de lever le voile sur l'origine et le déroulement de cette tragédie.

RÉSUMÉ

Le roman est en réalité la reconstitution d'une histoire. Le narrateur, qui s'exprime à la première personne, se trouve être un ami du défunt, présent au moment des faits. Plusieurs années après le drame, il décide de revenir dans ce village et d'enquêter, interroger des témoins, lire des articles, des lettres et des témoignages afin de reconstituer la trame des évènements qui se sont déroulés en ce tragique jour de février. Le roman est donc composé de plusieurs parties bien distinctes : le jour du crime, le compte-rendu et le verdict du juge accompagné des déclarations de quelques témoins présents, les interrogatoires de ces mêmes témoins et d'autres personnages que le narrateur organise plus de vingt ans après les faits et enfin, l'écriture de la chronique. L'histoire est polyphonique et propose plusieurs perspectives qui s'opposent et se contredisent souvent dans cette entreprise menée par le narrateur de reconstituer les faits.

LA NUIT PRÉCÉDANT L'ASSASSINAT

Santiago Nasar a vingt ans et vit dans un petit village de la côte colombienne. Lorsqu'il ne s'occupe pas de la ferme, Santiago, comme tous les hommes de son âge et de sa condition, aime faire la fête avec ses amis : ils boivent beaucoup d'alcool, sortent, tentent de charmer autant de filles que possible et vont parfois rendre visite aux prostituées. Santiago n'a été amoureux qu'une seule fois mais il est sur le point d'épouser Flora Miguel, sa fiancée de toujours.

La nuit précédant son assassinat, il fait la fête avec ses amis, le narrateur et Cristo Bedoya, jusqu'à 4 heures du matin pour célébrer le mariage époustouflant d'Angela Vicario et Bayardo San Román qui ont invité tout le village pour l'occasion. Bayardo ne lui a pourtant fait la cour que brièvement avant d'officialiser de courtes fiançailles de quatre mois pour annoncer son désir de se marier rapidement. Le narrateur assure que celui-ci souhaite acheter le bonheur des gens car il organise une fête gigantesque. Il lui importe peu de parler d'argent et il lui plait de savoir que Santiago et ses amis passent la plus grande partie de la nuit à spéculer sur la somme déboursée pour organiser une telle fête. Lorsque Santiago se réveille, à 5h30 le lendemain, fatigué et encore embrumé par l'alcool, il prend la direction du port où il rejoint le reste du village venu accueillir l'évêque qui doit descendre de son bateau pour saluer et bénir les malades. Il ignore alors qu'il va mourir moins de deux heures plus tard. Contrairement à ce qu'il porte pour travailler aux champs, ses vêtements du jour sont élégants. Il boit un café noir et sort par la porte avant, chose qu'il ne fait jamais d'habitude. Au port, il rencontre Cristo Bedoya et tous deux discutent de la soirée de la veille et du cout du mariage. Margot, la sœur du narrateur, l'invite ensuite à déjeuner après la venue de l'évêque. Comme d'habitude, l'évêque ne prend pas la peine de débarquer et se contente de saluer la foule depuis son navire qu'il n'amarre même pas.

Plusieurs villageois, qui savent pertinemment que les frères Vicario sont à la recherche de Santiago dans le but de le tuer, le voient sur le port, conversant tranquillement avec ses amis et quelques connaissances, joyeux et aimable comme à son habitude. Pensant que le jeune homme a déjà été prévenu, personne ne se décide à l'avertir de ce qui se trame.

LE JOUR DE L'ASSASSINAT

Au cours de la fête, à un moment donné, les nouveaux mariés se retirent chez eux (dans une maison que Bayardo a acheté au veuf de Xius), une demeure ancienne et pleine de charme, la plus belle et la mieux située du village. Vers 3 heures du matin, cependant, Bayardo ramène Angela chez elle en toute discrétion : le mariage doit être annulé car Angela n'est pas vierge. Lorsqu'Angela le confesse à sa mère, celle-ci la frappe et la punit avant d'en informer ses deux frères, Pedro et Pablo. Ils sont désormais chargés de laver l'honneur de la famille en assassinant Santiago Nasar.

Les deux frères se mettent donc en quête d'armes pour accomplir leur méfait. Tout en s'équipant, ils informent plusieurs personnes de leur volonté de tuer Nasar et s'installent dans la boutique située en face de chez lui. Ils attendent longtemps et n'atteignent leur objectif que plusieurs heures plus tard, lorsque Santiago revient du port. Ils le tuent à coups de couteaux juste devant la porte de chez lui et tout le village est témoin de la scène. Pedro et Pablo sont ensuite arrêtés et mis sous les verrous et le reste de la famille décide de fuir et de s'installer dans un autre village.

27 ANS PLUS TARD

En tant que lecteurs, nous n'apprenons tout cela que 27 ans plus tard, C'est en effet à ce moment-là que le narrateur, un ami de Santiago qui était présent au moment du drame, décide de revenir au village pour découvrir ce qu'il s'est réellement passé. Par le biais d'entretiens avec les témoins de l'époque, il reconstitue, sous nos yeux, le déroulement des évènements. Il parle avec sa mère, avec celle de Santiago, avec ceux qui l'avaient observé déambuler avec Cristo Bedoya, avec une employée et sa fille, ainsi qu'avec Angela qui a quitté le village depuis la tragédie.

C'est la raison pour laquelle cette histoire est une chronique. Le narrateur, tel un journaliste, s'entretient avec toutes les personnes impliquées et répond aux questions habituelles lors des enquêtes (qui, quand, où, comment et pourquoi) en plus de relater les différentes versions de l'affaire. Les points de vue divergent : tout n'a été qu'une succession de hasards et de quiproquos malencontreux, ceux qui le pouvaient n'ont rien fait pour avertir le jeune homme, il était impossible de ne pas avoir été mis au courant de la décision des deux frères ; c'était la seule chose à faire…Cette polyphonie nous aide à comprendre le déroulement de la journée mais l'on ignore encore la réponse à la seule véritable question : Angela avait-elle réellement perdu sa virginité avec Santiago ? D'après tout le village, les deux jeunes ne s'étaient presque jamais adressés la parole et Santiago la trouvait plutôt stupide. Une chose est sûre cependant : Santiago est mort.

ÉTUDE DES PERSONNAGES

SANTIAGO NASAR

Santiago a 21 ans et est fils unique. Svelte et pâle, il semble toujours de bonne humeur, joyeux et gentil. Ses traits rappellent les origines arabes de son père, Ibrahim, qui est mort trois ans plus tôt. C'est d'ailleurs son père qui lui a transmis ses connaissances des armes à feu (bien que personne ne les a jamais vus armés dans le village), son amour pour les chevaux, la valeur des choses et la prudence sans oublier la pratique de l'arabe qu'ils utilisaient lorsqu'ils ne parlaient que tous les deux. Il travaille à la ferme, appelée le Visage Divin, qu'il a héritée de son père et dont il a dû s'occuper dès la fin de ses études.

C'est un homme simple qui doit se marier en décembre avec sa petite amie de toujours. Mais ses amis savent bien qu'il n'a aimé qu'une seule femme et ce depuis l'adolescence, María Alejandrina Cervantes, une prostituée du village que son père lui a interdit de continuer à voir. Il flirte aussi, dès qu'il en a l'occasion, avec Divina Flor, la fille d'une cuisinière, Victoria Guzman, qui ne l'a jamais trouvé à son gout.

PABLO ET PEDRO VICARIO

Ces jumeaux, âgés de 24 ans, paraissent un peu rustres, mais ont un bon fond et ne sont pas de mauvaises personnes. Malgré leur ressemblance physique, ils ont deux personnalités bien différentes : Pedro est plus autoritaire, surtout depuis qu'il a fait son service militaire, et c'est d'ailleurs lui qui prend la décision de tuer Santiago. Son frère ne fait que le suivre, comme à chaque fois.

Ils élèvent des porcs et c'est avec les couteux qui leur servent habituellement à tuer leurs bêtes qu'ils prévoient d'assassiner Santiago. Ils doivent accomplir leur devoir pour sauver l'honneur de leur famille. Pourtant, ce qui revient le plus souvent dans les témoignages est qu'ils ne souhaitaient pas vraiment tuer Santiago Nasar. En raison de leur bonne réputation, personne ne pensait qu'ils allaient réellement passer à l'acte.

ANGELA VICARIO

Cette magnifique femme est issue d'une famille pauvre. Sa mère, Purisima del Carmen, l'élève dans le même but que ses deux sœurs, celui de leur trouver un mari. Elle sait donc faire tout ce qu'une bonne épouse se doit de faire : coudre, broder, laver, repasser et préparer des gâteaux. D'après le narrateur, cependant, elle n'est pas très intelligente et son avenir est incertain. Santiago Nasar lui-même la qualifie de « stupide ». Ainsi, lorsque Bayardo San Roman décide de l'épouser malgré son désaccord qui lui vient de l'arrogance et de la lignée de son fiancé, sa famille décide de le célébrer. C'est une véritable chance pour une famille pauvre comme la leur et tous sont tombés sous son charme. Lorsqu'Angela fait part de son désaccord en expliquant qu'elle ne l'aime pas, sa mère lui répond simplement que l'amour, comme tant d'autres choses, ça s'apprend avec le temps.

Il y a un autre problème à ce mariage : Angela n'est plus vierge, elle l'a avoué à ses amies. Celles-ci lui assurent qu'il est possible, en utilisant certains subterfuges, de feindre de l'être afin de pouvoir exhiber le drap taché le lendemain et s'assurer ainsi que l'honneur de tous est sain et sauf.

De nombreuses années plus tard, lorsque le narrateur, son cousin, lui rend visite, elle est devenue une femme mature au sens de l'humour développé qui ne cherche pas à cacher son histoire mais l'a, au contraire, acceptée. Elle la raconte d'ailleurs à qui veut bien l'entendre sans toutefois révéler le nom de l'homme avec qui elle a perdu sa virginité car tout le monde sait désormais que ce n'est pas Santiago. À la suite de son mariage raté, elle se rend cependant compte qu'elle aime Bayardo San Roman et passe plus de vingt ans à lui écrire des lettres lui demandant de revenir vivre avec elle.

BAYARDO SAN ROMAN

C'est le fils d'une véritable légende, un général conservateur nommé Petronio San Roman. Sa mère, Alberta Simmonds, est une métisse originaire de Curaçao et il a deux sœurs. Il porte très bien ses trente ans : il est bien bâti, ses yeux sont brillants et sa peau, bronzée. Ses vêtements sont luxueux et à la mode et l'avis populaire diverge : certains le pensent homosexuel, d'autres le voit simplement comme un extravagant. Il est charmant et attirant. Tout le monde ignore la raison de sa présence au village mais, à son arrivée, il laisse entendre qu'il est ingénieur ferroviaire. Il sait faire beaucoup de chose : il répare le télégraphe, soigne les malades et nage mieux que personne. Il aime les grandes fêtes onéreuses et évite de se battre lorsqu'il a bu. Il est honnête, généreux, pieux et millionnaire. Il parvient à cacher beaucoup de ses chagrins et, selon le narrateur, renferme une grande tristesse.

Après le drame, plusieurs jours passent avant que l'on se souvienne de lui. Il ne souhaite pas avoir d'ennuis et demande à ce qu'on le laisse seul dans la maison qu'il vient d'acheter, mais il se sent si mal, noyé dans l'alcool, que sa mère et ses sœurs viennent le chercher. Dans le village, on dit qu'il est en réalité la seule et unique victime, les autres personnes n'ayant rien fait de plus que jouer leur rôle.

PLACIDA LINERO

Placida est la mère de Santiago. Elle s'est mariée par convenance avec Ibrahim Nasar mais son mariage n'a pas été très heureux. Elle vit avec son fils dans une cave que son mari a réaménagé en maison et verrouille toujours la porte en y mettant une barre de fer. Lorsqu'elle apprend que les frères Vicario vont tuer son fils, elle réagit avec un grand calme car c'est une femme aux nerfs d'acier. Elle sait interpréter les rêves et ne se pardonnera jamais de n'avoir pas su déceler de mauvais augure dans ceux de ses fils, toujours peuplés d'arbres.

CRISTOBAL BEDOYA

Tout le monde l'appelle Cristo. C'est l'un des meilleurs amis de Santiago Nasar et du narrateur avec qui il se lance souvent dans de grandes beuveries. Même après tant d'années, il continue de penser que s'il était resté dormir chez ses parents la nuit du mariage plutôt que d'aller chez ses grands-parents, il aurait entendu parler du plan des Vicario et aurait pu prévenir son ami. Il devient chirurgien quelques années après le drame. Le jour de la mort de Santiago, il se trouve avec lui devant sa porte, à faire des blagues. Il réalise que son ami va se faire assassiner quelques minutes plus tôt, grâce à un épicier qui le lui dit mais alors qu'il va le prévenir, Santiago n'est déjà plus là.

Cristo le cherche partout : il court jusque chez lui et réveille sa mère mais ne le trouve pas. Il décide donc de revenir chez lui, où Santiago a promis de venir déjeuner mais celui-ci est assassiné à ce moment-là.

VICTORIA GUZMAN ET DIVINA FLOR

Victoria Guzman est la cuisinière de la maison de Santiago Nasar mais elle a également été l'amante du père de celui-ci et lui a donné un fils. Elle n'aime pas Santiago et fait tout en œuvre pour qu'il laisse sa fille, Divina Flor, tranquille. Celle-ci entre tout juste dans l'adolescence mais est déjà très belle. Elle sait qu'elle est destinée à finir dans le lit de Santiago et, des années plus tard, lorsque le narrateur l'interroge, elle déclare n'avoir jamais connu un homme comme lui. Aucune des deux n'est réellement triste du sort de Santiago et même lorsqu'une mendiante les informe de ce qu'il va se produire, elles n'y prêtent pas attention.

DAN LAZARO APONTE

Ce colonel à la retraite est l'actuel maire du village. Lorsque lui parvient la nouvelle du plan des

Vicario, il leur confisque leurs couteaux et pense avoir ainsi accompli son devoir. Ils parviendront cependant à en trouver d'autres.

CLOTILDE ARMENTA

C'est la propriétaire de la boutique où s'installent les frères Vicario pour attendre le retour de Santiago et accomplir leur méfait. Elles tentent de les convaincre de ne pas le faire ou au moins de repousser le moment à plus tard et demande de l'aide à plusieurs personnes pour empêcher l'assassinat. Elle est convaincue que les jumeaux ne sont pas vraiment décidés à tuer Santiago et veut que quelqu'un leur explique qu'ils ne sont pas obligés de le faire pour les libérer de leur responsabilité.

LE NARRATEUR

Le narrateur, qui raconte l'histoire à la première personne, est un ami proche de Santiago et Cristo. C'est leur compagnon de beuveries et sa mère est la marraine de Santiago. 27 ans après le drame, n'ayant toujours pas compris tout ce qu'il s'est passé ce jour-là, il décide de revenir et d'interroger toutes les personnes qui ont vu ou entendu quelque chose afin d'écrire la chronique.

LES VILLAGEOIS

Plusieurs autres personnages sont cités rapidement. Ils ont été témoins du meurtre et donnent donc leur point de vue au narrateur. Les villageois fonctionnent comme un chœur dans une tragédie grecque classique car ils préviennent le lecteur de ce qu'il va se passer. C'est une conscience collective comme on le voit lorsque Santiago, effrayé, tente de semer ses assaillants parmi le brouhaha de toutes les voix qui crient et le préviennent, mais ne peut comprendre quoi que ce soit.

CARACTÉRISTIQUES DE L'ŒUVRE

GENRE

Comme nous le verrons dans cette partie, il est très difficile de placer ce roman dans une catégorie précise car il brouille justement à dessein les limites entre les genres.

CHRONIQUE ?

Une chronique, d'après la définition du Larousse, peut être un récit dans lequel les faits sont enregistrés dans l'ordre chronologique ou une rubrique de presse consacrée à l'actualité dans un domaine particulier. À première vue, donc, étant donné qu'il s'agit d'une histoire inspirée de faits réels survenus à Sucre, en Colombie, dans les années 1950, mais aussi que le récit entend relater dans l'ordre les événements qui ont mené à la mort de Santiago Nasar, il est effectivement possible de voir ce texte comme une chronique. En s'y intéressant un peu plus en profondeur cependant, l'on s'aperçoit que c'est un peu plus complexe. Nous sommes face à un texte qui déstabilise par sa simplicité.

Il est vrai que le narrateur retranscrit des témoignages, cite des sources et trouve des informations dans les articles de journaux, ce qui renvoie exactement au travail d'un journaliste. Mais il est également certain que le récit ne traite pas, comme c'est le cas pour un texte journalistique, d'une simple énonciation objective, froide et aseptisée de faits ayant eu lieu dans la réalité. Bien au contraire, lorsqu'on lit ce roman avec attention, on réalise que les personnages ne parviennent pas à se mettre d'accord, pas même sur la météo du jour de l'assassinat : certains disent qu'il pleuviotait et d'autres qu'un beau soleil brillait. Il nous apparait alors que les choses ne vont peut-être finalement pas être aussi claires que ce que promet le titre de « chronique ».

Mais ce doute n'est pas uniquement lié à l'incapacité des personnages à tomber d'accord sur le temps qu'il faisait. La chronologie du texte, elle aussi, va à l'encontre des normes journalistiques. Il n'y a ni début, ni développement, ni fin ; les époques se mélangent et se confondent en permanence. Le narrateur se souvient en partie de ce qu'il s'est passé mais mélange cela avec ce que lui ont raconté les témoins le jour du meurtre, ce que disent les rapports de police et ce que les villageois lui relatent lors de son enquête, 27 ans plus tard. La chronologie du roman est donc tout sauf linéaire, le récit ne cesse de faire des sauts entre les époques, d'anticiper et de se répéter. Qui plus est, la durée des événements relatés est seulement d'une heure et demie : entre le réveil de Santiago à 5h30 et son assassinat à 7h. Comme nous le verrons plus tard, il s'agit en réalité d'un texte circulaire. Ce n'est donc pas une chronique à proprement parler mais un roman écrit sous la forme d'une chronique.

Chronique d'une mort annoncée est un texte fondé sur des faits réels qui se sont déroulés en 1951. Gabriel García Márquez le considère lui-même comme son roman le plus réaliste et son unique roman policier. C'est pourquoi, lors d'un entretien avec Santiago Gamboa qui lui demandait pourquoi il n'avait jamais écrit de roman noir, l'écrivain répondit que *Chronique d'une mort annoncée* en était un.

ROMAN POLICIER

Si l'on prend en considération l'affirmation de García Márquez, il est possible de dire que *Chronique d'une mort annoncée* possède, d'une certaine façon, tous les éléments constitutifs d'un roman policier.

- Une énigme : l'assassinat de Santiago Nasar
- Un criminel : dans ce cas, ils sont deux, les frères Vicario
- Un détective : le narrateur qui se charge d'interroger rigoureusement tous les témoins et

les individus impliqués et qui enquête autant qu'il peut pour tenter de reconstituer le déroulement des événements.

Mais, en réalité, qui est le vrai coupable ? Le roman semble tout d'abord suggérer que malgré leur responsabilité indéniable dans l'assassinat, les frères Vicario ne sont pas coupables. Ils donnent l'impression, comme le récit le répète à de multiples reprises, n'être que les victimes de quelque chose de plus fort car même s'ils ne veulent pas réellement tuer Santiago, ils doivent accomplir leur destin. Plus encore, le roman insinue en réalité que tous les témoins, c'est-à-dire tous les villageois, sont en réalité coupables d'une certaine façon car ils savent que quelque chose va se produire mais personne ne fait en sorte de l'empêcher. En outre, et c'est peut-être le plus important, la véritable énigme n'est pas résolue : l'énigme n'est pas l'assassinat étant donné que l'on connait l'identité des assassins dès la première page du roman, le véritable mystère réside dans le nom de l'homme avec qui Angela Vicario a perdu sa virginité.

Tous ces indices révèlent, comme dans le cas de la chronique, qu'il existe une faille dans la vérité. Nous ne saurons jamais en fin de compte si Santiago et Angela Vicario ont passé la nuit ensemble. De ces événements, à la différence du reste du roman, nous n'avons aucune information.

ROMAN JOURNALISTIQUE

Malgré son titre et le commentaire de García Márquez, *Chronique d'une mort annoncée* n'est ni entièrement une chronique, ni un véritable roman policier. Nous pourrions dire qu'il s'agit d'une invitation à la réflexion, une réflexion portant sur la vérité et la difficulté que nous avons de l'obtenir, une réflexion sur le journalisme et sa prétention à révéler une vérité parfois si difficile, voire impossible, à découvrir. C'est également un roman sur la littérature et les limites de la fiction :

> *Chronique d'une mort annoncée* est un « roman », tout simplement mais ce n'est pas un roman « simple ». Cette « fiction » apparemment simple, librement inspirée de faits réels, constitue une « métafiction », un roman auto-conscient qui utilise son titre pour tromper et défier le lecteur depuis le début, afin qu'il entre

dans un processus d'investigation de reconstruction de texte analogue à celui que réalise le chroniqueur diégétique ». (*Olivares* 1987).

Toutes ces raisons nous laissent penser qu'il s'agit en fait d'un roman journalistique. Il prend en effet des éléments du journalisme, c'est-à-dire, de faits réels, pour construire une narration fictionnelle qui entretient et questionne les limites du genre. C'est donc, sans aucun doute, un récit de fiction qui emploie des éléments du journalisme.

STRUCTURE

Après l'annonce de la mort à venir de Santiago, le narrateur commence à nous raconter comment se sont déroulés tous les évènements. Le roman n'est donc pas divisé en chapitres mais en cinq parties bien définies.

- Première partie : on nous présente la vie de Santiago Nasar, le héros de l'histoire ;
- Deuxième partie : le narrateur fait de même pour Bayardo San Roman et Angela Vicario et nous parle de leur vie, de leurs familles, de leur rencontre, de leur relation et de la nuit de

leur mariage. On y apprend en outre qu'Angela est discrètement raccompagnée chez elle durant la nuit et comment, sous les coups de sa mère, elle déclare avoir perdu sa virginité avec Santiago Nasar.

- Troisième partie : le récit porte sur les frères Vicario, relatant ce qu'ils font, leur relation, leur décision de tuer Santiago et la façon dont ils le racontent à tout le monde.
- Quatrième partie : elle concerne l'autopsie du corps et la situation du village après la mort de Santiago et la crainte de représailles qui n'arriveront jamais, de la part de la communauté arabe.
- Cinquième partie : le narrateur décrit minutieusement l'assassinat de Santiago Nasar : la façon dont ils le poursuivent, le coincent et le poignardent à de multiples reprises mais aussi comment Santiago survit à cette attaque et parvient à rentrer chez lui où, les entrailles à la main, il annonce qu'il s'est fait assassiner.

Nous pouvons donc assurer sans doute aucun que le roman est circulaire : il débute et se termine avec la mort de Santiago Nasar et narre, durant son développement, tous les faits et les hasards inopportuns qui mènent inexorablement à sa destinée.

ANALYSE DES THÈMES ET CLÉS DE LECTURE

LE DESTIN TRAGIQUE

La tragédie est un genre théâtral dont l'origine remonte à la Grèce antique. Elle présente des personnages confrontés de façon inévitable à leur destin, lequel se traduit généralement par leur destruction ou leur mort. Pour se faire une idée de ce qu'est une tragédie, il convient d'en donner l'exemple le plus célèbre qui soit, à savoir, *Œdipe roi* de Sophocle (poète tragique grec, 495-406 a. C). Si certaines parties de *Chronique d'une mort annoncée* ne correspondent pas au modèle traditionnel, la mort de Santiago Nasar est, elle, inévitable. Comme le dit Santiago Gamboa dans le prologue du roman, Santiago Nasar est destiné à mourir et cette fin est irrévocable. Sans considérer ce qu'il essaie de faire pour l'éviter, comme Œdipe, Santiago va mourir. Malgré les nombreuses mises en garde, les messages et le fait que la plupart de son entourage en est conscient, Santiago décède. Et le lecteur sait que sa mort est inéluctable dès la première phrase du roman, qui débute en parlant du jour où Santiago va se faire tuer.

Tel est son destin. Comme le dit Gamboa, les personnages sont poussés à passer à l'action par des forces qu'ils ne contrôlent pas. Le lecteur s'en rend d'ailleurs compte à plusieurs reprises au cours de l'histoire. C'est, par exemple, l'une des raisons pour lesquelles le narrateur décide de relancer l'enquête :

> « Les coqs nous surprenaient à l'aube, alors que nous essayions de comprendre les nombreuses coïncidences qui avaient rendu possible l'absurde, et il était évident que nous ne le faisons pas par volonté d'élucider les mystères, mais parce qu'aucun d'entre nous ne pouvait continuer de vivre sans savoir avec exactitude quelle était la mission que lui avait assigné la fatalité » (García Márquez)

La chronique est donc écrite dans le but de comprendre quel rôle jouait chacun d'eux. Mais les forces sont comme ces dieux implacables qui nous poussent tous à notre destin.

L'HONNEUR ET LA VENGEANCE

L'un des autres thèmes les plus importants que l'on retrouve dans ce roman est l'honneur et la défense de celui-ci. Ce thème est extrêmement populaire à l'époque du siècle d'or espagnol et il semble que García Márquez s'en soit inspiré : « Une lecture approfondie de l'œuvre permet de découvrir, derrière son style policier, une magnifique parodie du thème central du théâtre espagnol du XVIIe siècle : l'honneur » (Méndez Ramírez 1990). Ce cliché, qui est probablement apparu avec la figure du *Don Juan* de Tirso de Molina et qui fascine le public, a été repris par des écrivains comme Lope de Vega.

L'histoire est toujours la même : un don juan séduit une femme, lui vole son honneur (sa virginité) et est ensuite poursuivi, car l'honneur doit être rendu ou la peine, dédommagée par une punition exemplaire. Telle est la logique des frères Vicario et du village entier, qui justifie ainsi, en partie, sa responsabilité pour ne pas avoir agi. Plusieurs personnages se consolent en se disant que l'honneur est intouchable et qu'il ne faut pas se mêler des disputes. Plus encore, il ne s'agit pas seulement du fait que les villageois soient d'accord avec la lutte pour l'honneur comme devant être un motif valable, mais que la loi l'est tout autant. Pendant le procès des frères Vicario, « l'avocat a soutenu la thèse d'un homicide en légitime défense de l'honneur, laquelle fut admise par le tribunal de la conscience, et les jumeaux déclarèrent à la fin du procès qu'ils l'auraient fait encore un millier de fois pour les mêmes raisons » (García Márquez ?). L'honneur doit donc être protégé, même si cela demande de sacrifier la vie de quelqu'un de plus.

LA VIOLENCE

Ce qui est intéressant à propos de ce roman, c'est qu'il n'a pas été écrit au XVIIe siècle mais au XXe. À cette époque, il semble absurde que les litiges liés à l'honneur soient résolus ainsi. En plus du fait qu'une telle histoire puisse se passer dans un village perdu au beau milieu de la côte colombienne (et il ne s'agit pas de réalisme magique), García Márquez crée une parodie : par le biais de l'ironie et de l'exagération, il ridiculise les personnages et leurs codes moraux passés de mode. Il dénonce ainsi les vestiges de cet héritage colonial espagnol qui ont survécu au XXe siècle. Ce cliché, présenté jusqu'à ses dernières conséquences, devient une critique de la violente société colombienne et une étude de son héritage espagnol.

Ces histoires d'honneur sont liées, bien sûr, à une société machiste qui croit que les femmes sont des objets appartenant aux hommes et que la violence est la solution à tout problème. Ainsi, *Chronique d'une mort annoncée* propose une critique de ces valeurs sociales, presque toujours irrationnelles, qui, nous pouvons le dire, imprègnent notre société. Pour cette raison, il convient de mentionner ce qu'il se passe avec Angela Vicaro. Après les faits, sa famille s'en va vivre dans un autre village et plusieurs années plus tard, lorsque le narrateur la rencontre, Angela est très différente. Elle est maitresse d'elle-même et de son passé, plus vivante et raconte son histoire avec plus de tranquillité. Elle a, qui plus est, pris conscience de certaines vérités quand elle a découvert, quelques jours après le mariage, qu'elle aimait Bayardo : il retourne à ses côtés. Voici comment García Márquez complexifie le thème de l'honneur, le remplit et l'introduit dans notre siècle pour parler de la réalité colombienne.

LA RECHERCHE DE LA VÉRITÉ

Le dernier thème abordé dans ce roman, et sans doute celui qui relie tous les autres, est le problème de la vérité, du mystère jamais résolu. Malgré les tentatives du narrateur de donner un sens à l'histoire, les recherches des personnages sur toute la côte, les fouilles de rapports et de documents officiels, malgré le fait qu'il parle avec Angela des années plus tard et lui pose la question en face, nous ne saurons jamais si Angela a perdu sa virginité avec Santiago Nasar.

Nous pourrions ainsi dire que cette chronique, avec ses problèmes de classification, son genre inconnu et ses jeux avec le lecteur, établit une critique et une réflexion sur notre capacité à connaitre la vérité. Elle nous conduit même à nous demander si une telle vérité existe vraiment et si les moyens que nous utilisons pour la connaitre (qui se disent objectifs, comme les journaux) ne sont pas une autre forme de fiction, une autre manière d'essayer de nous expliquer le monde et ses faits divers. Ce qui est sûr, en tout cas, c'est que malgré les intentions de cette chronique d'établir les faits et de tranquilliser les protagonistes, elle n'y arrive pas et il n'y a plus d'autre choix que d'accepter ce monde plein de coïncidences, de hasards que nous ne pouvons pas toujours expliquer.

PISTES DE RÉFLEXION

QUELQUES QUESTIONS POUR AP-PROFONDIR SA RÉFLEXION...

- Comment la littérature et le journalisme sont-ils mis en relation tout au long de l'histoire ?
- Que pouvez-vous dire du mélange de temps dans ce roman ? Quelle est l'utilité d'une chronologie non-linéaire ?
- Qu'apporte le fait réel, qui s'est passé en 1951, à cette chronique écrite trente ans après ?
- Que nous dit *Chronique d'une mort annoncée* sur la société colombienne, et notamment celle de la côte ? Justifiez votre réponse.
- Dans la famille Vicario, les filles sont élevées pour devenir de bonnes épouses et les garçons, des hommes. Comment sont représentés les personnages masculins et féminins dans le roman ? Quelles sont leurs différences et comment celles-ci affectent-elles la vie du village ?
- Pensez-vous que ce roman peut être considéré comme féministe ? Pourquoi ?
- Le lecteur connait la fin de l'histoire dès le

début et il continue tout de même à la lire. Pourquoi ? Quelles techniques García Márquez utilise-t-il ?

- Pourriez-vous, en tant que lecteurs, avoir confiance en le narrateur, sachant qu'il était un ami de Santiago et qu'il n'a jamais cru qu'il ait été avec Angela ?
- Des noms tels que Angela (qui rappelle un ange) ou Vicario (juge) ne semblent pas avoir été choisis au hasard. Que croyez-vous que cela signifie ?

Votre avis nous intéresse ! Laissez un commentaire sur le site de votre librairie en ligne et partagez vos coups de cœur sur les réseaux sociaux !

POUR ALLER PLUS LOIN

ÉDITION DE RÉFÉRENCE

- García Márquez G., *Chronique d'une mort annoncée*, Paris, Livre de Poche, coll. « Littérature & Documents », 1987, 116 p.

ÉTUDES DE RÉFÉRENCE

- Gamboa S., Prologue de *Chronique d'une mort annoncée* de Gabriel García Márquez, Madrid, Biblioteca El Mundo, 1981

- Méndez Ramírez H., *La reinterpretación paródica del código de honor en* Crónica de una muerte anunciada, *Hispania*, vol. 73, n° 4, 1990

- Olivares J., *García Márquez's* 'Crónica de una muerte anunciada' *as Metafiction, Contemporary Literature*, vol. 28, n° 4, 1987

LECTURES RECOMMANDÉES

- Rama A., *García Márquez entre la tragedia y la policial o Crónica y pesquisa de la* Crónica de una muerte anunciada, vol. 13, n° 1, 1983

- Ruffinelli J., *Crónica de una muerte anunciada:*

Historia o Ficción, Dans *el punto de mira: Gabriel García Márquez*, publié par Ana M. Hernández de López, Madrid, Editorial Pliegos

Retrouvez notre offre complète sur lePetitLittéraire.fr

- des fiches de lectures
- des commentaires littéraires
- des questionnaires de lecture
- des résumés

ANOUILH
- Antigone

AUSTEN
- Orgueil et Préjugés

BALZAC
- Eugénie Grandet
- Le Père Goriot
- Illusions perdues

BARJAVEL
- La Nuit des temps

BEAUMARCHAIS
- Le Mariage de Figaro

BECKETT
- En attendant Godot

BRETON
- Nadja

CAMUS
- La Peste
- Les Justes
- L'Étranger

CARRÈRE
- Limonov

CÉLINE
- Voyage au bout de la nuit

CERVANTÈS
- Don Quichotte de la Manche

CHATEAUBRIAND
- Mémoires d'outre-tombe

CHODERLOS DE LACLOS
- Les Liaisons dangereuses

CHRÉTIEN DE TROYES
- Yvain ou le Chevalier au lion

CHRISTIE
- Dix Petits Nègres

CLAUDEL
- La Petite Fille de Monsieur Linh
- Le Rapport de Brodeck

COELHO
- L'Alchimiste

CONAN DOYLE
- Le Chien des Baskerville

DAI SIJIE
- Balzac et la Petite Tailleuse chinoise

DE GAULLE
- Mémoires de guerre III. Le Salut. 1944-1946

DE VIGAN
- No et moi

DICKER
- La Vérité sur l'affaire Harry Quebert

DIDEROT
- Supplément au Voyage de Bougainville

MALRAUX
- La Condition humaine

MARIVAUX
- La Double Inconstance
- Le Jeu de l'amour et du hasard

MARTINEZ
- Du domaine des murmures

MAUPASSANT
- Boule de suif
- Le Horla
- Une vie

MAURIAC
- Le Nœud de vipères

MAURIAC
- Le Sagouin

MÉRIMÉE
- Tamango
- Colomba

MERLE
- La mort est mon métier

MOLIÈRE
- Le Misanthrope
- L'Avare
- Le Bourgeois gentilhomme

MONTAIGNE
- Essais

MORPURGO
- Le Roi Arthur

MUSSET
- Lorenzaccio

MUSSO
- Que serais-je sans toi ?

NOTHOMB
- Stupeur et Tremblements

ORWELL
- La Ferme des animaux
- 1984

PAGNOL
- La Gloire de mon père

PANCOL
- Les Yeux jaunes des crocodiles

PASCAL
- Pensées

PENNAC
- Au bonheur des ogres

POE
- La Chute de la maison Usher

PROUST
- Du côté de chez Swann

QUENEAU
- Zazie dans le métro

QUIGNARD
- Tous les matins du monde

RABELAIS
- Gargantua

RACINE
- Andromaque
- Britannicus
- Phèdre

ROUSSEAU
- Confessions

ROSTAND
- Cyrano de Bergerac

ROWLING
- Harry Potter à l'école des sorciers

SAINT-EXUPÉRY
- Le Petit Prince
- Vol de nuit

SARTRE
- Huis clos
- La Nausée
- Les Mouches

SCHLINK
- Le Liseur

SCHMITT
- La Part de l'autre
- Oscar et la Dame rose

SEPULVEDA
- Le Vieux qui lisait des romans d'amour

SHAKESPEARE
- Roméo et Juliette

SIMENON
- Le Chien jaune

STEEMAN
- L'Assassin habite au 21

STEINBECK
- Des souris et des hommes

STENDHAL
- Le Rouge et le Noir

STEVENSON
- L'Île au trésor

SÜSKIND
- Le Parfum

TOLSTOÏ
- Anna Karénine

TOURNIER
- Vendredi ou la Vie sauvage

TOUSSAINT
- Fuir

UHLMAN
- L'Ami retrouvé

VERNE
- Le Tour du monde en 80 jours
- Vingt mille lieues sous les mers
- Voyage au centre de la terre

VIAN
- L'Écume des jours

VOLTAIRE
- Candide

WELLS
- La Guerre des mondes

YOURCENAR
- Mémoires d'Hadrien

ZOLA
- Au bonheur des dames
- L'Assommoir
- Germinal

ZWEIG
- Le Joueur d'échecs

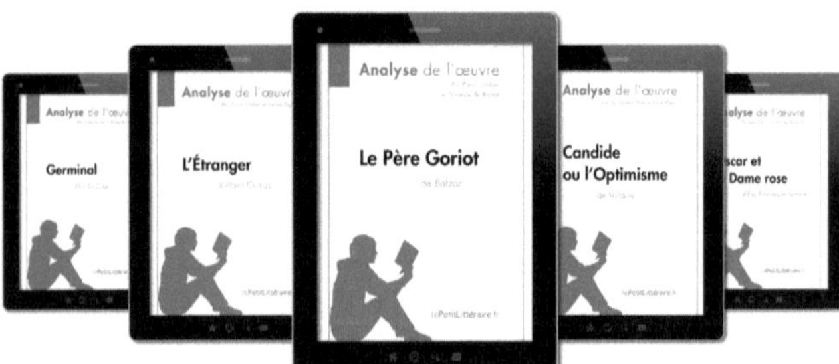

www.lepetitlitteraire.fr

ISBN version numérique : 9782808003520
ISBN version papier : 9782808003537

Dépôt légal : D/2017/12603/706

Conception numérique : Primento,
le partenaire numérique des éditeurs.

Ce titre a été réalisé avec le soutien de la Fédération Wallonie-Bruxelles, Service général des Lettres et du Livre.